AF500174

GUILLAUME

LE CONQUÉRANT,

OU

LA DESCENTE EN ANGLETERRE,

Romance historique,

PAR J. LABLÉE,

AIR ET ACCOMPAGNEMENS

PAR MÉHUL.

A PARIS,

Chez Le Goupil, Libraire, Palais du Tribunat, première Galerie de bois, N.° 187.

An 12 — 1804.

AVERTISSEMENT.

La Romance étant de tous les genres de poésie celui qui exige le plus de simplicité, je n'aurais point pensé à en faire une sur un sujet compliqué, et qui se compose de plusieurs traits historiques, si ce sujet n'eût offert un grand intérêt national. Il serait sans doute ridicule de mettre l'Histoire en couplets, et en couplets uniformes. Une longue suite de tableaux incohérens, peut, par leur mérite particulier, récréer l'esprit; mais excitera-t-elle dans l'ame cette impression qui naît du développement facile d'un sentiment vrai et passionné, ou du récit naïf d'un fait simple et touchant? Dans la Romance que je publie, tout du moins se rattache à la grande idée à laquelle j'ai dû peut-être quelqu'inspiration.

Je ne me flatte point que ce chant devienne populaire, malgré l'attrait de la musique du célèbre compositeur MÉHUL : il arrive rarement qu'on chante de suite un si grand nombre de couplets; et la Romance historique, plus faite pour être lue que pour être chantée, admet peu la force et la précision que doit avoir le langage dont on se sert pour émouvoir l'esprit de la multitude. J'ajoute que le style d'une Romance de ce genre, ne pourrait être entièrement lyrique, sans perdre de son charme et de sa clarté.

Je désire, au surplus, que les personnes qui ne veulent voir qu'un chant dans une Romance, soient les seules qui trouvent celle-ci trop longue. Je pourrais être dispensé d'observer que plusieurs de nos Romances les plus estimées, ont un plus grand nombre de couplets. Il m'importait d'ailleurs de recueillir dans le même cadre les traits qui frappent davantage dans la Tapisserie de la reine Mathilde, ouvrage curieux sous bien des rapports, presqu'entièrement conforme à l'Histoire, et d'après lequel j'ai écrit. A ces traits j'en ai ajouté quelques-uns dans les amours d'Harold et d'Ælgive. On jugera sans doute qu'ils ne sont pas dénués de vraisemblance.

J'ai quelques raisons pour répéter ici ce que j'ai dit dans un Avertissement de mes Romances historiques : s'il est des Auteurs à qui on ne doive point attribuer de prétentions littéraires, ce sont les Auteurs de Romances. C'est avec le cœur qu'ils écrivent : leur succès est, pour ainsi-dire, humble et silencieux ; il est tout entier dans l'ame des lecteurs sensibles. Beaucoup de personnes prennent l'abandon et la simplicité de leur style pour de la négligence et de la faiblesse, et en général on leur tient peu de compte du sacrifice qu'ils font de la recherche des idées, du luxe des expressions, et des ornemens poétiques sur lesquels des réputations se fondent.

Que je contribue à graver dans l'esprit ou dans la mémoire un fait si important par sa nature et par ses suites, mon désir sera rempli.

MUSIQUE DE MÉHUL.

GUILLAUME

LE CONQUÉRANT,

OU

LA DESCENTE EN ANGLETERRE,

Romances historiques.

JE vais vous retracer l'histoire
De Guillaume le Conquérant :
Fruit de l'amour (1), c'est par sa gloire
Qu'il a prouvé son noble sang.
Vous que guide aux champs de la guerre
Le plus illustre des héros,
Entendez-vous qu'en Angleterre
Guillaume appelle vos drapeaux ?

Privé d'enfans, et sur son trône
Dévoré de mortels ennuis,
Edouard veut que sa couronne
D'un grand service soit le prix (2) :
Au duc Harold il se confie.
« Exilé, dit-il, sans secours,
» J'allais périr; en Normandie
» Robert a pris soin de mes jours.

» Hate-toi, vas trouver Guillaume
» Digne fils de mon bienfaiteur ;
» A mon décès, de mon royaume
» Je veux qu'il soit le possesseur. »
Harold doit régler sa conduite
Sur ce testament d'Edouard.
De Seigneurs la brillante élite
Attire l'œil sur son départ.

Vient d'abord une meute agile (3);
Puis, montés sur de beaux coursiers,
Faucon sur le poing, à la file,
Sont Harold et ses Chevaliers.
A Bosham ils font leur prière (4),
Dans l'espoir d'un voyage heureux.
Harold sois loyal et sincère,
Voilà l'encens qui plaît aux Dieux.

ILS s'embarquent, mais leur navire
Est loin de seconder leur vœu :
Par malheur il va les conduire
Aux terres de Guy de Ponthieu.
Ce Comte cupide et sauvage
A l'Anglais fait craindre un écueil,
Et, pour l'attirer au rivage,
Le flatte d'un aimable accueil.

HAROLD n'est pas exempt d'alarmes;
Mais que faire dans son ennui?
Il s'avance seul et sans armes:
Deux archers soudain l'ont saisi.
Toute sa suite est prisonnière;
On les mène en un vieux château.
Guy commande, Harold est derrière:
Au poing tous deux portent l'oiseau.

« PUISQU'UN Duc est en ma puissance,
» Je veux une forte rançon, »
Dit le Comte avec arrogance.
Dieux! un prix pour la trahison!
Guillaume, instruit de l'aventure,
Réclame, et ses mots sont pressans :
Il a tort, car Guy, je vous jure,
Avait pour lui le droit des gens.

Le code alors était barbare.
D'un refus Guillaume irrité,
Lance en avant, au Comte avare
Fait connaître sa volonté.
Guy de frayeur a l'ame atteinte;
Et dissimulant sa douleur,
Il cède enfin, et fait par crainte
Ce qu'il dût faire par honneur.

Guillaume conduit l'ambassade
A Rouen, séjour de plaisirs.
Harold en reçoit l'accolade (5);
On prévient ses moindres désirs.
L'alégresse est universelle;
Si ces deux Princes sont amis,
Par une alliance plus belle
On sait qu'ils doivent être unis.

De Guillaume la jeune fille,
AElgive, a l'art de tout charmer;
Dans ses beaux yeux la vertu brille.
Harold l'aime et s'en fait aimer.
Mathilde, bonne et tendre mère,
Ne s'oppose point à ces feux.
Harold promet, AElgive espère
Que l'hymen serrera leurs nœuds.

Mais Conan, fier duc de Bretagne,
Provoque Guillaume aux combats.
Harold fait, en cette campagne,
Sentir la vigueur de son bras.
Rien ne résiste à leur fortune;
Conan se retire en ses bois.
Ils sont vainqueurs, la voix commune
Tous deux les proclame à la fois.

D'Harold ô douce destinée!
Heureux guerrier, heureux amant,
Dans une célèbre journée
Il se lie encor par serment.
Entre deux châsses de reliques,
Debout et le front découvert,
Suivant des formes authentiques,
Ce libre serment est offert.

Guillaume est assis sur son trône;
D'Harold il accepte la foi.
Harold posera la couronne
Sur la tête du nouveau roi.
En ce moment il forme encore
Un vœu solennel et plus doux:
D'Ælgive, que son cœur adore,
N'a-t-il pas promis d'être époux?

COMME il montre un air de tristesse
En quittant notre beau pays!
Il voit Edouard, l'intéresse
Par le charme de ses récits.
Aux voluptés du mariage
Ce Roi se refusa toujours.
A la nature un tel outrage
Avance la fin de ses jours.

EDOUARD meurt; ô perfidie!
Aux sermens croyez désormais!
Harold, du duc de Normandie
Se rit et monte au trône anglais.
Guillaume l'apprend; la vengeance
Lui suggère un profond dessein.
Anglais, on connaît sa vaillance;
Vous le verrez dans votre sein.

DU sort les faveurs sont trompeuses.
Harold, pourquoi t'y confier?
Déjà des phalanges nombreuses
Au Duc viennent se rallier.
Des Rois, de son ame ulcérée
Servent la juste ambition,
Et d'une bannière sacrée
Le Pape même lui fait don.

Du génie, est-il un obstacle
Qui puisse arrêter les travaux?
Aux ports de France, quel miracle
Arma ces trois mille vaisseaux (6)?
Braves, volez à la victoire!
Le ciel sourit à vos projets:
Demain la fortune et la gloire
Seront le prix de vos succès.

Près de Guillaume est sa famille.
Le suivre est pour elle un devoir.
Dans les yeux de sa jeune fille
On lit le chagrin et l'espoir.
Elle a pris un casque, une armure;
Mais conservant ses traits si doux,
Elle vengera son injure,
Ou retrouvera son époux.

Au départ les airs retentissent
De cris d'ardeur, de chants guerriers.
Les belles des mains applaudissent,
Et du bord jettent des lauriers.
Si, rompant un juste équilibre,
Tu soumis le monde à tes lois,
Anglais, frémis! la mer est libre;
Les Peuples usent de leurs droits (7)

GUILLAUME est donc en Angleterre.
Quel signe! il tombe d'un faux pas.
« Je me saisis de cette terre,
» Dit-il gaîment à ses soldats. »
Pourtant Harold, par un message,
Est sommé de se souvenir
Qu'à Guillaume il doit rendre hommage,
Et qu'à sa fille il doit s'unir.

S'IL persiste dans son outrage,
Et s'il a l'ame d'un guerrier,
Guillaume, évitant le carnage,
L'appelle en combat singulier.
Du perfide voyez l'audace!
Aux refus il joint le mépris.
Avancez, Français, point de grâce;
Que tant de forfaits soient punis!

DU choc affreux des deux armées
L'humanité gémit en vain;
D'une haine égale animées,
Leur sort est long-tems incertain.
Mais déjà l'Anglais s'épouvante;
Harold veut périr ou régner.
La plaine d'Hastings est fumante
D'un sang qu'il pouvait épargner.

Ce vainqueur du roi de Norwège (8),
Joignant l'imprudence à l'orgueil,
Dans cette guerre sacrilége,
Ouvre aux siens un vaste cercueil.
A ses yeux déjà ses deux frères
Tombent sous le fer destructeur.
Bientôt des lances meurtrières
Se font un chemin vers son cœur.

Tandis que Guillaume, intrépide,
Renverse par tout l'ennemi,
Sa fille, tremblante et timide,
Retrouve son cruel ami.
Il est ingrat, il est parjure;
Mais qu'importe son froid dédain?
Elle voit sa large blessure,
Et l'amour renaît dans son sein.

Le cœur s'émeut au soin si tendre
Qu'elle prend pour le secourir:
Il ne peut que lui faire entendre
Son amour et son repentir.
« Oui, je t'aimais; je suis victime
» D'un mouvement ambitieux:
» Pardonne, dit-il, à mon crime,
» Et reçois mes derniers adieux. »

Il n'est plus : des cris de victoire
Se mêlent à des cris d'effroi.
L'Anglais fuit, et brillant de gloire
Guillaume est reconnu pour Roi.
Ælgive à la mélancolie
Ne livrera pas ses beaux jours,
Mais française, jeune et jolie,
Elle pense à d'autres amours.

Sur la toile on peut encor lire
Ce fait par Mathilde tracé (9);
Et sept siècles n'ont pu détruire
L'ouvrage à nos yeux exposé.
Vous que guide aux champs de la guerre
Le plus illustre des héros,
Entendez-vous qu'en Angleterre
Guillaume appelle vos drapeaux ?

FIN.

NOTES.

(1) *Fruit de l'amour. . . .*

Guillaume, fils naturel de Robert, duc de Normandie, était surnommé le *Bâtard.* Il perdit ce surnom après être monté sur le trône d'Angleterre, et on ne le nomma plus que Guillaume *le Conquérant.*

(2) *Edouard veut que sa couronne. . . .*

Edouard, roi d'Angleterre, fut surnommé *le Confesseur*, parce que la dévotion lui fit prendre le parti de se divorcer, pour mieux conserver une virginité précieuse. Il fut mis au rang des Saints. Il avait épousé Edilha, fille du comte de Godoin, et sœur d'Harold.

(3) *Vient d'abord une meute agile.*

Les Seigneurs, suivant l'usage de ce tems, marchaient précédés par leurs chiens, et ayant un faucon sur le poing.

(4) *A Bosham ils font leur prière.*

Bosham était un port de mer appartenant au duc Harold.

(5) *Harold en reçoit l'accolade.*

Harold fut armé chevalier par Guillaume.

(6) *Arma ces trois mille vaisseaux.*

Il n'y a point ici d'exagération. Suivant tous les historiens, la flotte de Guillaume était composée de trois mille vaisseaux, presque tous construits en peu de tems, pour la descente en Angleterre.

(7) *Les Peuples usent de leurs droits.*

Il y a long-tems que les Anglais prétendent être les dominateurs de la mer. Au neuvième siècle, leur roi Edgar prit le titre de Roi des Rois, de Seigneur de tous les Monarques, de Maître de toutes les îles de l'Océan britannique. Etant un jour à Chester, il s'embarqua sur la Dée, et força huit Princes, ses tributaires, à ramer sur une barque dont il tenait lui-même le gouvernail.

(8) *Ce vainqueur du roi de Norwège.*

Harwic, roi de Norwège, ayant fait, avec mille vaisseaux, une descente en Angleterre, fut attaqué par Harold, et périt dans le combat.

(9) *Ce fait par Mathilde tracé.*

On voit dans une des salles du Muséum, une Tapisserie brodée par la reine Mathilde elle-même, représentant tous les événemens relatifs à la descente en Angleterre.

FIN DES NOTES.

De l'Imprimerie des Sciences et Arts, rue Ventadour, N.° 474.

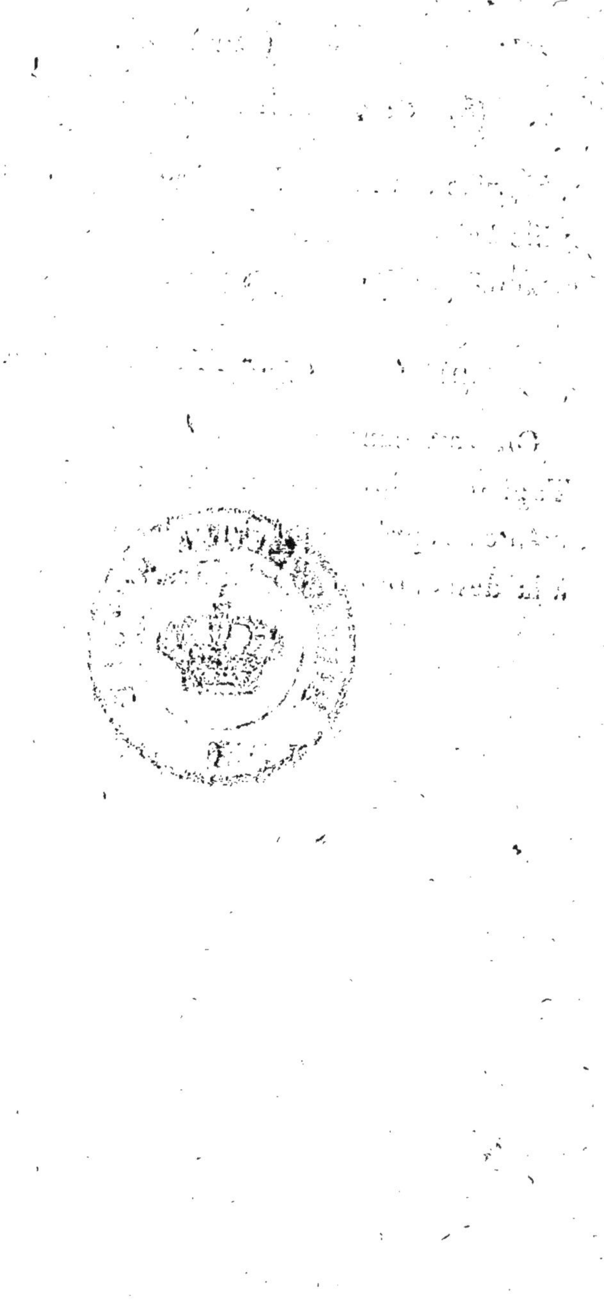

www.ingramcontent.com/pod-product-compliance
Ingram Content Group UK Ltd.
Pitfield, Milton Keynes, MK11 3LW, UK
UKHW021039200726
13857UKWH00005B/1815